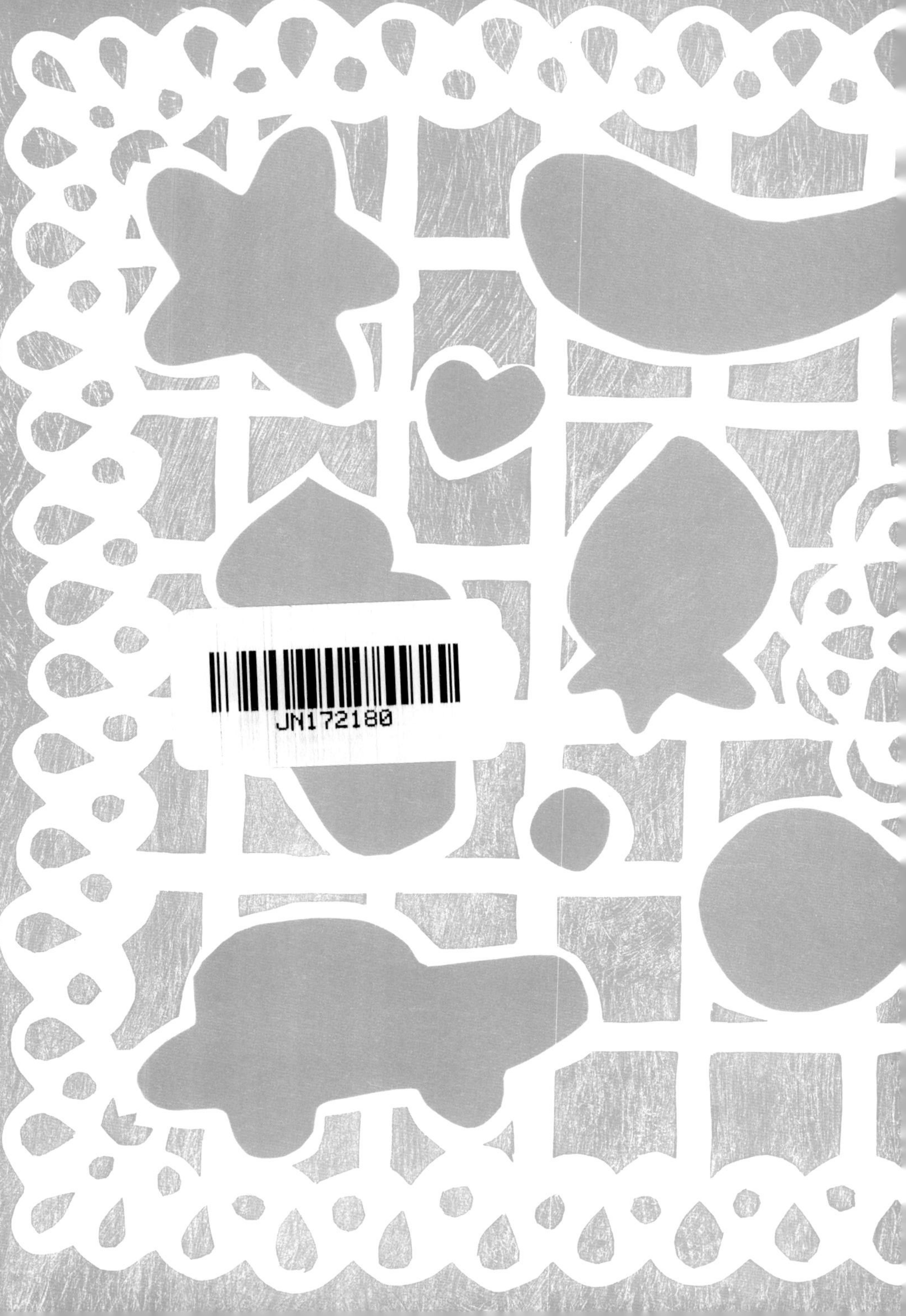

ソラタとヒナタ

ともだちのつくりかた

かんのゆうこ・さく
くまあやこ・え

講談社

もくじ

なまえ

「このあたりかな。」

くまのソラタが、あたりをぐるりとみまわしました。ソラタは、じぶんのすんでいた森《もり》をはなれ、山《やま》をこえ、川《かわ》をよこぎり、つりばしをわたり、あるいて、あるいて、ようやくあたらしい森《もり》に、たどりついたところでした。

「ひとやすみしよう。」

あさからずっと、あるきどおしだったソラタは、ずいぶんつかれていました。おなかもすいていたし、のどもかわいていました。

ソラタは、おおきな木《き》のねもとにすわりました。リュックのなかから、サンドイッチとすいとうを、とりだそうとしたときです。

どこからか、ちいさなうたごえが、きこえてきました。ソラタは、耳《みみ》をぴくぴくとうごかし、あたりをみまわしました。だれのすがたもみえません。もういちど、よく耳《みみ》をすませました。やっぱり、どこからか、かすかなうたごえがきこえてきます。

ソラタはたちあがると、うたごえのきこえてくるばしょをさがしました。すこしはなれたところに、土《つち》がぽっかりへこんでいるのがみえました。どうやら、うたごえは、そこからきこえてくるようです。

ちかづいてみると、土《つち》がへこんでみえたところには、おおきなあながあいていました。

「おおきくて、ふかいあなだ。」

ソラタは、あなのふちにしゃがみこんで、なかをのぞきこみました。

そのとき、あなのそこで、なにかがきらりとひかりました。ソラ夕は、目《め》をほそめたり、みひらいたりしました。よくよく目《め》をこらして、うすぐらいあなのなかをみつめました。

あなのそこで、ひかってみえたものは、ふたつのきれいなきつねの目《め》でした。一ぴきのちいさなきつねが、ひざをかかえてすわったまま、空《そら》をみあげて、うたっていたのです。

ソラタは、きつねと、さかさまに目《め》があいました。

きつねは、おどろいたかおをして、あわてて目《め》をごしごしとふきました。

それからまた、ソラタをみあげるように、おおきくそりかえり、そのままこてん、とうしろにたおれてしまいました。きつねは、たおれたまま、ソラタをじっとみつめています。

ソラタは、みをのりだして、きつねにこえをかけました。

「あの……きみ、そんなところで、なにしてるんだい？」

「なにって、あなにおちて、こまってるところ。」

「だけど、たのしそうにうたっていなかった？」

「うたってはいたけど、たのしくはなかったな。」

きつねは、ソラタのほうへ、ちらりと目《め》をやりました。

「それで、たすけてくれるの？　くれないの？」

「すぐにたすけるから、まってて。」

ソラタは、いそいでリュックのなかから、ロープをとりだしました。そばにあった木《き》のみきに、ロープのかたほうを、しっかりとむすびました。ロープをつたいながら、あなのなかにおりていき、きつねをたすけだしました。

「どこか、いたいところはない？」

きつねはだまったまま、くびをよこにふりました。からだは土《つち》でよごれて、目《め》があかくはれています。ソラタは、きつねのからだについた土《つち》を、やさしくはらってあげました。

「きみ、いつから、あなのなかにいたの？」

「三日《みっか》まえ。」

「三日《みっか》まえだって！　どうして、たすけをよばなかったの。」

「なんども、さけんだよ。でも、だれもたすけにきてくれなかった。」

「そうだったの……。」

ソラタは、リュックのなかから、サンドイッチと、すいとうをとりだして、きつねにあげました。きつねは、とてもおなかがすいていたし、のどもかわいていました。あっというまにサンドイッチをたいらげ、水《みず》をごくごくのみました。

「ぼくのなまえは、ソラタ。きみは？」

きつねは、ちいさなこえでいいました。

「なまえなんてないよ。」

「えっ。」

「なまえもないし、うまれた日《ひ》もしらない。ぼくに、かぞくはいないから。」

ソラタは、ふかくうなずきました。森《もり》では、いろんなことがおこることを、ソラタはよくしっていました。

「だけど、なまえがないと、きみのともだちが、きみをよびたいとき、こまるだろうね。それに、たんじょうびがないと、いつ、おいわいをしたらいいのか、わからないだろうし。」

ソラタがいうと、きつねは、つんとよこをむきました。

「べつに、こまらないよ。ぼくには、ともだちもいないから。ひとりでいるほうが、きらくだし。」

きつねは、ふし目《め》がちにいいました。

ソラタは、すこしのあいだ、かんがえていましたが、なにかをおもいついたようにいいました。

「ぼくのとうさんは、空《そら》がだいすきで、かあさんは、たいようがだいすきだった。それでぼくに、ソラタってなまえをつけてくれたんだ。」

「ふーん。」

きつねは、あしもとにおちていた小《こ》えだをひろって、たいくつそうになにかをかきはじめました。

「だから、えーと、『ヒナタ』なんてどうかな。」

「なにが？」

小《こ》えだであそんでいたきつねが、かおをあげました。

「きみの、なまえ。」

「えっ。」

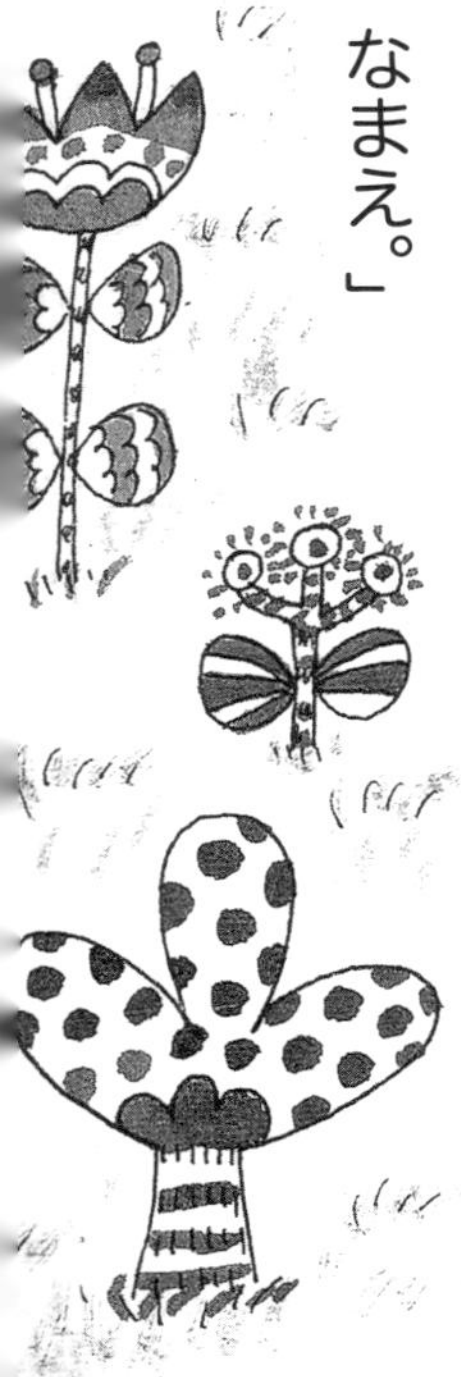

「ヒナタは、『日《ひ》のあたるばしょ』っていういみだよ。きみの毛《け》なみは、おひさまみたいに金色《きんいろ》で、とてもきれいだし、ヒナタってなんだかあったかそうで、なかなかいいなまえだとおもうんだけど、どうだろう。」

きつねは、ぽかんとしたまま、だまっています。ソラタがしょんぼりして、

「あんまり、きにいらなかったかな。それじゃあ、なにかほかのなまえを……。」

といいかけたとき、きつねが、あわてていいました。

「いいよ、それで。」

「えっ。だけど、」

「いいんだ。」

きつねは、はずかしそうにうつむきました。

「それじゃあ、せっかくだから、きみのたんじょうびも、きめてしまおうよ。」

「ええっ。そんなの、かってにきめていいの？」

ヒナタがおどろいて、おおきなこえをあげました。

「だって、わからないんでしょう。だったらすきな日《ひ》を、たんじょうびにすればいいんだよ。きみはいつがいい？」

「そんなこと、きゅうにいわれたって、わからないよ。」

ヒナタが、こまったかおをしました。そこでソラタは、またすこしのあいだ、かんがえました。

「そうだ、もうすぐ『げしの日《ひ》』がやってくるから、ことしのげしの日《ひ》を、きみのたんじょうびにするっていうのは、どうだろう。」

「げしの日《ひ》？」

「そう。げしの日《ひ》は、一年《いちねん》のうちで、いちばんひるまがながい日《ひ》、つまり、いちばんひなたのじかんが、ながい日《ひ》なんだ。きみにぴったりの、たんじょうびだとおもうよ。」

ヒナタの目《め》が、いっしゅん、うれしそうにかがやきました。けれどもすぐに、しょんぼりとうつむきました。

「でも、なまえやたんじょうびをもらっても、きっとつかうことはないよ。さっき、いったでしょ。ぼくには、かぞくもともだちも、いないって……。」

「そんなことないさ。きっと、つかうときがくるよ。」

ソラタはにっこりわらうと、ゆっくりあたりをみまわしました。

「きめた。ぼく、きょうから、この森《もり》にすむことにしよう。」

「えっ。」

「ここが、とてもきにいったんだ。」

こうして、ソラタは、この森《もり》にすむことになりました。

ともだちのつくりかた

この森《もり》にすむことにしたソラタは、さっそく家《いえ》をたてました。あたらしい家《いえ》は、ソラタにとって、おおきすぎず、ちいさすぎず、ちょうどよいおおきさで、ひるまは日《ひ》あたりがよく、ゆうがたにはここちよい風《かぜ》がふきぬけ、夜《よる》にはふるような星《ほし》がみえました。

POST

家《いえ》ができると、つぎは、たんすや、とだなや、テーブルを、せっせとつくっていきました。

「あとは、いすをつくれば、すべての家具《かぐ》が、かんせいだ。」

ソラタは、くるみの木《き》で、すてきなテーブルをつくったあと、どんないすをつくろうか、あれこれかんがえました。そうして、おおきないすと、ちいさないすを、ひとつずつ、つくることにしました。

はりきって、いすをつくっていると、ちかくのくさむらから、かさかさと音《おと》がきこえてきました。

手《て》をとめて、くさむらのほうに目《め》をやると、音《おと》はふっとやみました。

「風《かぜ》の音《おと》かな。」

ソラタは、またいすをつくりつづけました。

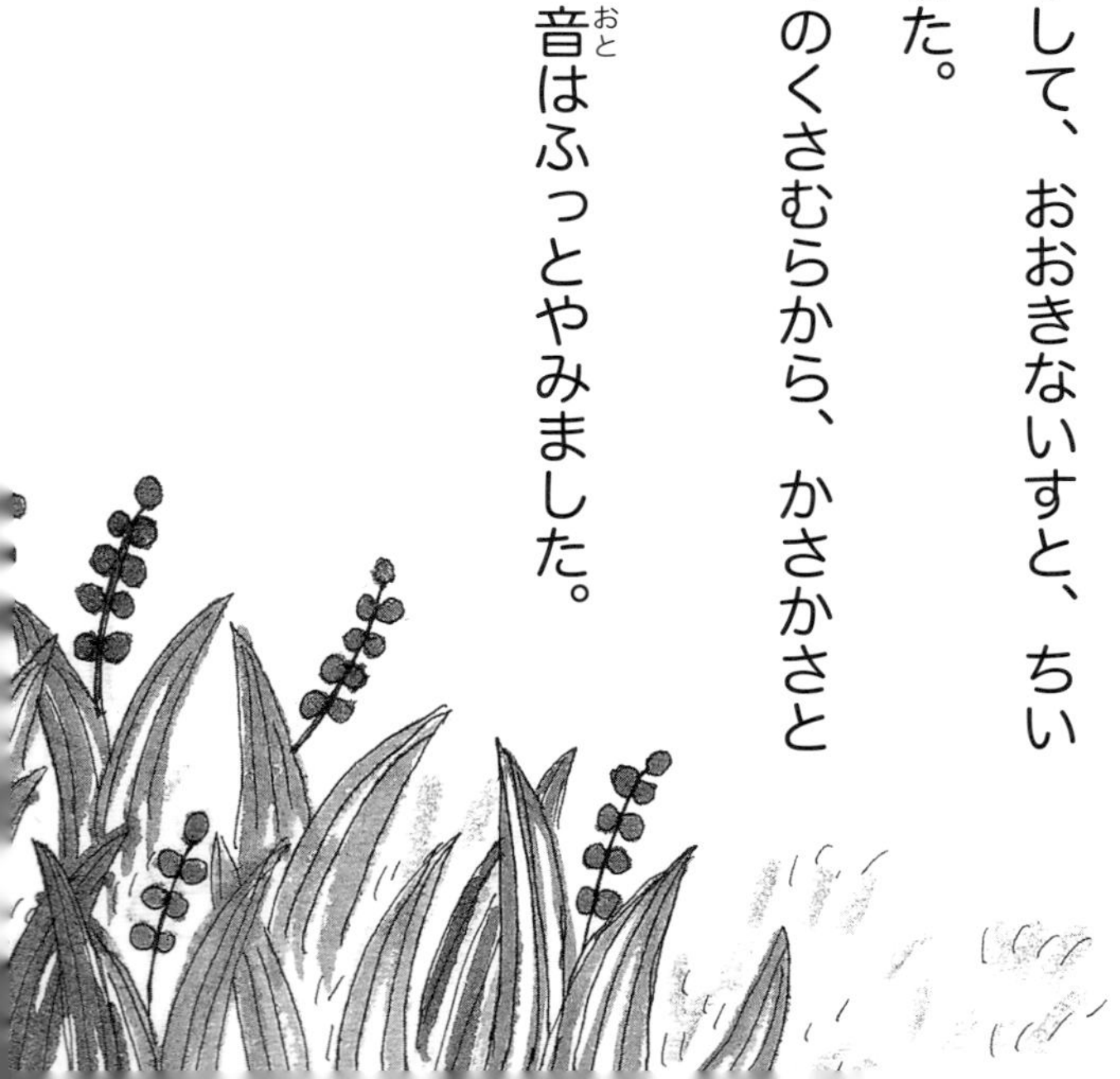

たいようが、まうえにのぼり、
おなかもすいてきました。
ソラタは、サンドイッチと、
すいとうをもって、そとへ
でかけました。ながめのいい
おかまでやってくると、
おひるごはんをたべました。
「もぐもぐもぐ……おいしいなあ。」
そのとき、風《かぜ》もふいて
いないのに、ちかくの
ラベンダーのしげみが、
さわさわとゆれました。

「だれかいるのかい？」
ふしぎにおもったソラタが、
そちらにむかって、こえを
かけました。
けれど、なんのへんじも
ありません。
「きのせいかな。」
ソラタは、サンドイッチを
たべおえると、ぱんぱんと
おしりをはらって、
家《いえ》にかえりました。

ひといきつくと、いすづくりのつづきに、とりかかりました。のこぎりで木《き》をきり、カンナでなめらかにととのえ、四本《ほん》のあしを、くぎでしっかりとめていきます。

ゆうがたになり、空《そら》があかね色《いろ》にそまるころ、ふたつのいすができあがりました。

「よし、できた。」

ソラタは、おおきないすと、ちいさないすを、かわるがわるながめると、まんぞくそうにうなずきました。

できあがったいすを、家《いえ》のなかへはこびこみ、テーブルのそばにおきました。テーブルにぴったりの、すわりごこちのよさそうないすです。

これで、すべての家具《かぐ》がそろいました。ソラタは、おおきないすにこしかけて、すわりごこちをたしかめました。

そのとき、まどのそとで、なにかがきらっと、ひかりました。ふしぎにおもって、じっと、みつめると、ひかりは、さっと、きえてしまいました。

ソラタは、いすからたちあがって、まどのほうへちかづいていくと、あたりをみまわしました。なにも、ひかるものはありません。

「みまちがいかな。」

まどをしめようとした、そのとき、

「くしゅんっ。」

まどのしたから、くしゃみの音《おと》が、きこえました。

よくみると、そこには、ヒナタがかくれるように、うずくまっていたのです。

「なんだ、ヒナタだったの。そんなところにいないで、家《いえ》のなかへはいっておいでよ。」

ヒナタは、きまりがわるそうに、たちあがりました。

「たまたま、ちかくをとおりかかっただけなんだ。」

「そうなの。」
「べつに、きみにあいにきた
わけじゃないんだからね。」
「そうなんだ。」
「だけど、ききたかったことを
ひとつ、おもいだした。」
「なんだい？」
　ヒナタは、
もじもじしながら、いいました。

「あのさ……ともだちって、どうやってつくればいいの？」

「ともだちのつくりかた？」

ソラタは、すこしのあいだ、かんがえました。

「うーん。とくにきまりはないけどなあ。」

「そうなの？」

「うん。ともだちって、しぜんにできるものだからね。」

「しぜんに……なんだか、むずかしい。」

ヒナタが、こまったかおをしました。

「むずかしくなんかないよ。ふつうに『やあ。』とか『こんにちは。』って、あいさつをして、『ねえ、あそぼうよ。』って、いえばいいんだよ。」

「それだけ？」

ヒナタが、目《め》をまるくしました。

「だけど、もしも『どうして？』って、きかれたら？」

ソラタが、わらいました。

「きみがすきだから、いっしょにあそびたいんだって、すなおにいえばいいんだよ。」

「そんなの、もっとむずかしい……。」

ヒナタは、くるっとむきをかえると、とことこかえってしまいました。

「おかしなやつだなぁ。」

ソラタはくびをかしげながら、ヒナタのうしろすがたを、みおくりました。

それから、ソラタがのんびり本《ほん》をよんでいると、だれかがドアを、コンコン、とたたきました。ドアをあけると、ヒナタがたっていました。

「こんばんは。」

「あれっ、こんばんは。」

ソラタがあっけにとられていると、ヒナタがいいました。

「……ねえ、あそぼうよ。」

ソラタは、おもわず、

「えっ、どうして？」

と、きいてしまいました。ついさっき、きゅうにかえってしまって、またやってきたヒナタを、ふしぎにおもったからです。

すると、ヒナタは、
かおをまっかにしていいました。
「きみが……す……す……す……
スコーンを、そう！
きみといっしょに、スコーンを
たべたいとおもって！」
ヒナタは、手《て》にもっていた
スコーンを、ソラタに
さしだしました。
「わあ！　ありがとう。」

ソラタは、にこにこしながら、ヒナタを家《いえ》へまねきいれました。

それから、お湯《ゆ》をわかして、紅茶《こうちゃ》をいれました。おいしいスコーンを、いっしょにたべました。

「ぼくは、もうすっかり、きみとともだちになったつもりでいたんだ。」

ヒナタが、おどろいていいました。

「だって、ぼくたち、まだいちどきりしか、あっていないじゃない。」

「そうだね。あれからぼくは、あたらしい家《いえ》をつくったり、家具《かぐ》をつくったり、毎日《まいにち》いそがしかったから。だけどぼく、ずっと、きみとあそびたいとおもってたんだ。」

「どうして、ぼくとあそびたかったの？」

ヒナタが、たずねました。

「もちろん、きみがすきだからさ。」

ソラタが、にっこりわらいました。

「これからは、いつだってすきなときに、ぼくの家《いえ》にあそびにきてね。ぼくもすきなときに、きみんちへあそびにいくから。」

ヒナタはうつむきながら、うれしそうにうなずくと、スコーンを口《くち》いっぱいにほおばりました。

そのときはじめて、ヒナタは、じぶんがすわっているいすと、ソラタがす

わっているいすのおおきさが、ちがうことにきがつきました。ヒナタがすわっているいすは、じぶんのおおきさにぴったりで、とてもすわりごこちのよいいすでした。

すてきなばしょ

ある日《ひ》、ヒナタがわくわくしながら、
家《いえ》からとびだしてきました。
「もうすぐだ。きっと、もうすぐ。」
うれしそうにつぶやきながら、とんとこ、とことこはしっていきます。
「わぁっ。」
石《いし》につまずいて、すってんころりん。そのまま、どんっ、
と木《き》にぶつかって、目《め》をまわしてしまいました。

「ううん。いたたた……。」
ヒナタは、
あたまを二、三かいふって、
ぶつけたおでこをさすりました。
たちあがると、「あれっ？」と、
くびをかしげました。
「ぼく、いったい、
どこにいこうとしてたんだっけ。」

そこへ、ソラタが、とおりかかりました。

「やぁ、ヒナタ。なにしてるんだい？」

ヒナタは、いいました。

「ぼく、なんだかわくわくしながら、どこかへいこうとしていたんだ。だけど、ころんだひょうしに、どこへいこうとしていたのか、すっかりわすれちゃった。」

ソラタがわらいました。

「きっと、すてきなばしょに、いこうとしていたんだね。それじゃあ、そのばしょを、いっしょにさがしにいこう。」

ふたりは、森《もり》のなかを、どんどんあるいて

いきました。すると、くさのあいだから、
かめが、ひょっこりかおをだしました。
ソラタが、たずねました。
「こんにちは、かめさん。このあたりに、
どこかすてきなばしょはありますか？」
かめは、こたえました。
「このさきに、すいれんの花《はな》が、
さいている池《いけ》がある。そこは、
とてもすてきなばしょだよ。」

ソラタは、ヒナタにききました。

「きみが、いこうとしていたばしょは、すいれんのさく池《いけ》かい？」

ヒナタは、すこしかんがえたあと、いいました。

「ぼくが、いこうとしていたばしょは、すいれんのさく池《いけ》じゃない。」

それでもせっかくだから、ふたりは、すいれんの池《いけ》に、いってみました。

そこには、おおきくてきれいな、すいれんの花《はな》が、たくさんさいていました。

「きれいだねぇ。」

「うん、とてもきれい。」

ふたりは、すいれんの池《いけ》にきて、
ほんとうによかったとおもいました。

それからふたりは、川《かわ》にそって森《もり》をあるいていきました。すると、川《かわ》でおよいでいた、かわうそにであいました。

ソラタは、たずねました。

「こんにちは、かわうそくん。このあたりに、どこかすてきなばしょはあるかな？」

かわうそは、こたえました。

「この川《かわ》のさきに、きれいな石《いし》が、たくさんみつかる、あさせがあるよ。そこは、とてもすてきなばしょだとおもうな。」

ソラタは、ヒナタにききました。

「きみが、いこうとしていたばしょは、き

れいな石《いし》がみつかるあさせかい?」

ヒナタは、すこしかんがえたあと、いいました。

「ぼくが、いこうとしていたばしょは、きれいな石《いし》がみつかるあさせじゃない。」

それでもせっかくだから、ふたりは石《いし》をひろいにいきました。あさせには、まるっこくて、すべすべした、色《いろ》とりどりのきれいな石《いし》が、たくさんありました。

「おみやげに、ひとつ、もってかえろう。」

「うん、そうしよう。」

ふたりは、きれいな石《いし》をひろいにきて、ほんとうによかったとおもいました。

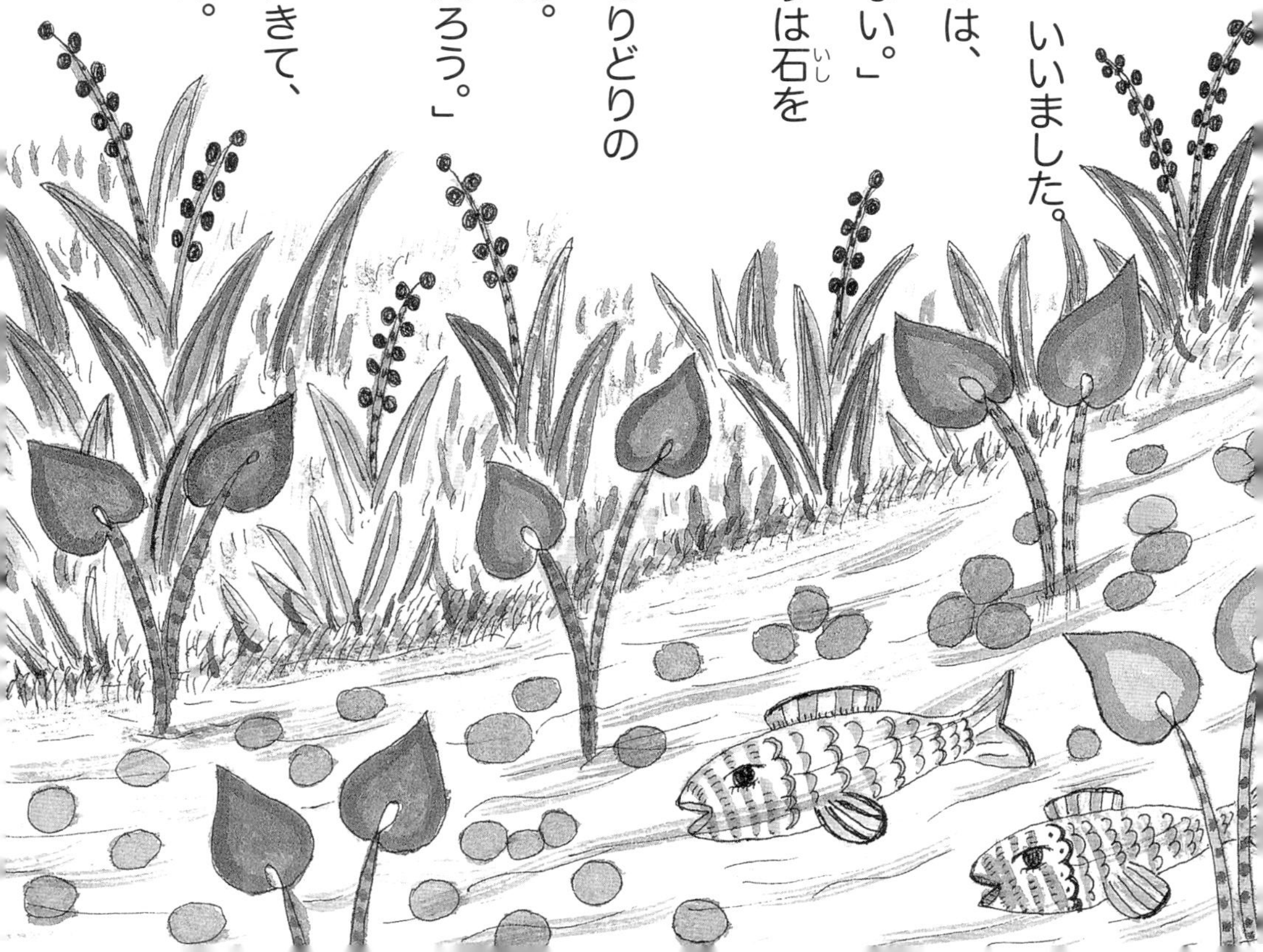

森《もり》のなかを、どんどんあるいていると、木《き》のえだにとまって、おしゃべりをしている、こまどりたちにであいました。

「こんにちは、こまどりさんたち。このあたりに、どこかすてきなばしょはあるかな？」

　こまどりたちは、くちぐちにいいました。

「それなら、このさきに、」

「そうそう、このさきに、」

「きいちごが、たくさん、みのってる、」

「みのってる、」

「のはらがあるわ。」

「そうそう、のはらがあるわ。」

「そこは、とっても、すてきなばしょよ。」

「すてきなばしょよ。」

ソラタは、ヒナタにききました。

「きみが、いこうとしていたばしょは、きいちごのはらかい？」

ヒナタは、すこしかんがえたあと、いいました。

「ぼくが、いこうとしていたばしょは、きいちごのはらじゃない。」

それでもせっかくだから、ふたりは、きいちごをたべにいきました。

「おいしいねぇ。」

「うん、とってもおいしい。」

おなかがすいていたので、たくさん、たくさん、たべました。ふたりは、きいちごのはらにやってきて、ほんとうによかったとおもいました。

おなかが、いっぱいになったふたりは、ヒナタの家《いえ》で、ひとやすみすることにしました。家《いえ》のちかくまでもどってくると、ヒナタが「あっ!」と、こえをあげました。

「ぼく、どこへいこうとしていたのか、やっとおもいだした。」

「どこへいこうとしていたの?」

「ぼく、きみんちに、いこうとしていたんだ。」

「ぼくのうちに?」

「うん。きみを、よびにいったの。いっしょに、みたいものがあったんだ。」

ヒナタは家《いえ》にはいると、ソラタをベランダにまねきました。

「ほら、みて……。」

ベランダの窓《まど》わくに、ちいさなさなぎが、ちょこんとくっついていました。さなぎのからだは、いまにもはちきれそうに、ぱんぱんにふくらんでいます。

「これ、なんのさなぎかな。」

「しーっ。」

ふたりが、さなぎをじっとみつめていると、やがて、せなかのあたりがまっすぐにわれて、なかから、みずみずしいしろいはねが、あらわれました。

それから、花《はな》びらがひらくみたいに、ゆっくりと、はねがひらいていきました。

「わあ……きれいなもんしろちょうだなあ。」

うつくしいはねが、すっかりひらきおわると、うまれたばかりのもんしろちょうは、ふわぁ、と、ちいさなあくびをしました。それから、あおい空《そら》にむかって、ふわりととびたちました。

ふたりは、すっかりかんどうして、空《そら》にひらひらとまう、もんしろちょうを、いつまでもみあげていました。

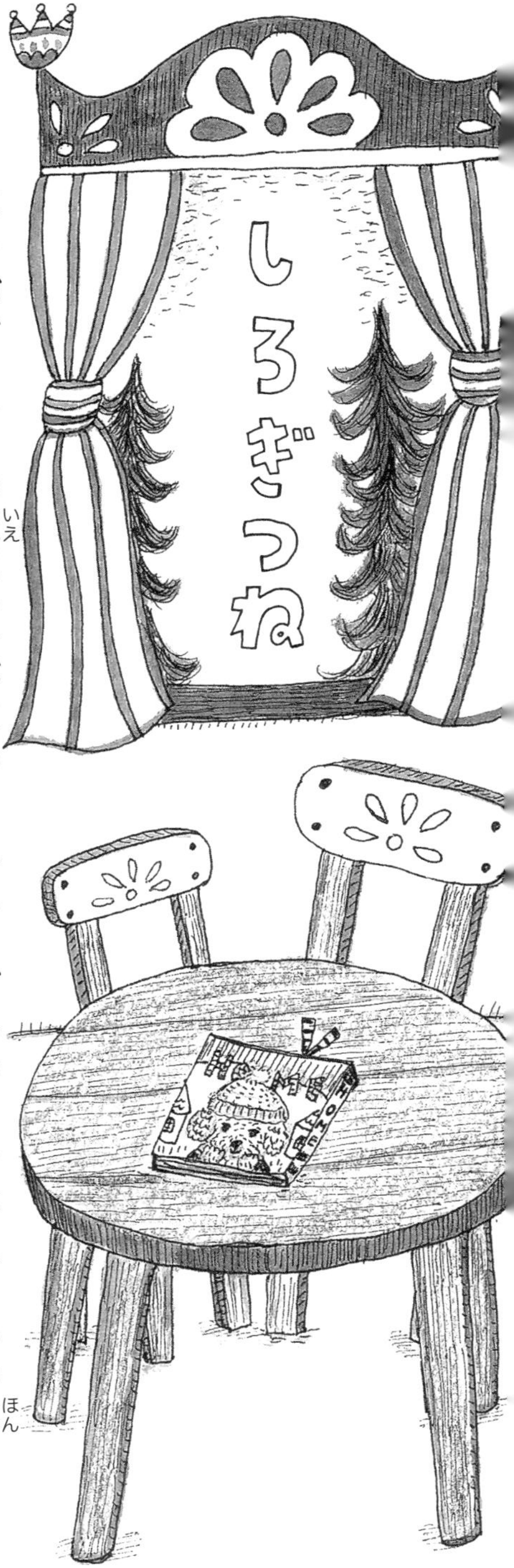

ヒナタが、ソラタの家《いえ》にあそびにいくと、テーブルのうえに、一さつの本《ほん》がおいてありました。

「なあに、これ。」

「いろんなようふくの写真《しゃしん》が、のっている雑誌《ざっし》だよ。」

「みてもいい？」

「いいよ。」

ヒナタは、雑誌《ざっし》に、しおりがはさんであるのをみつけました。しおりがは

さんであるページを、ひらいてみました。
そこには、ヒナタとおなじ年《とし》くらいの、きつねのこどもの写真《しゃしん》が、のっていました。きつねの子《こ》は、すてきなようふくをきて、雪《ゆき》のふる森《もり》のなかで、あそんでいます。
「ねぇ、このきつねの子《こ》……まっしろだね。」
「ああ、しろいきつねは、雪《ゆき》がたくさんふるくにに、すんでいるんだよ。」

ヒナタはおどろきました。じぶんとおなじきつねのなかまに、こんなしろいものが、いたなんて！

「まるで、雪《ゆき》みたいにふわふわで、きれいだよねぇ。」

ソラタが、しゃしんをみながら、ためいきをつきました。

「ふーん。」

ヒナタは、本《ほん》をぱたんととじると、ぷいっと、そっぽをむきました。それから、ふさふさのしっぽを、ふりふりふりながら、じぶんの家《いえ》へかえってしまいました。

つぎの日《ひ》、ヒナタが、また家《いえ》にあそびにいくと、ソラタが、ドアからかおをだしていいました。

「ごめんね。きょうは、あそべないんだ。」

「どうして？」

「ちょっと、いろいろとやることがあってね。」

「そうなの。じゃあ、また。」

ヒナタは、じぶんの家《いえ》にかえるふりをして、まどからそっと、へやのなかをのぞいてみました。ソラタが、しろい紙《かみ》ねんどで、なにかをつくっていま

した。テーブルのうえには、きのうの本《ほん》がおかれています。

ヒナタは、ふさふさのしっぽを、ぷりぷりふりながら、じぶんの家《いえ》へかえっていきました。

そのつぎの日《ひ》も、ヒナタは、ソラタの家《いえ》にあそびにいきました。

「ごめんね。きょうも、きみとあそべないんだ。」

「どうして？」

「ちょっと、いろいろとやることがあって。」

「そうなんだ。じゃあ、また。」

ヒナタは、じぶんの家《いえ》にかえるふりをして、まどからそっと、へやのなかをのぞきました。まどべに、紙《かみ》ねんどでつくられた、まっしろなきつねのにんぎょうが、かざってあるのがみえました。

ヒナタは、まどからはなれると、ふさふさのしっぽを、ぷんぷんふりながら、かえっていきました。

三日《みっか》めも、ヒナタは、ソラタの家《いえ》に、あそびにいきました。ドアがあいていたので、「こんにちは。」とあいさつしながら、へやのなかにはいっていくと、ソラタがあわてて、なにかをかくしました。

「ごめんね。きょうも、きみとあそべないんだ。」

「どうして？」

「ええと、その、いろいろとやることがあって……。」

「でも、きょうは……。」

ヒナタはいいかけて、目《め》をふせました。くるりとむきなおると、ふさふさのしっぽを、しょんぼりとたらして、とぼとぼ、かえっていきました。

家《いえ》にかえってくると、ヒナタは、まっしろいシーツに、四つのまるいあなをあけて、あたまからすっぽりかぶってみました。

「これで、しろぎつねにみえるかな。」

じぶんのすがたを、かがみでみました。まるで、ハロウィンのおばけのようです。

ヒナタは、シーツをぬぎすてると、こんどは、こむぎこを、あたまからばさばさと、ふりかけました。

「これで、しろぎつねにみえるかな。」

じぶんのすがたを、かがみでみました。すこしまだらだけれど、しろぎつねのようにみえました。けれども、こむぎこが、はなにはいって、むずむず、むずむず……。

「はーっくしょんっ！」

くしゃみをしたとたん、こむぎこが、ぱらぱらおちて、すっかりもとにもどってしまいました。

ヒナタはもう、やけになって、しろいえのぐを、どんどんからだにぬりたくりました。

「これで、しろぎつねにみえるかな。」

じぶんのすがたを、かがみでみてみました。ふさふさだったじまんの毛《け》なみが、がびがびにかたまって、みじめなすがたになっていました。

そのとき、

「ヒナタ、こんにちは。」

ドアのむこうから、ソラタのこえがきこえました。ヒナタがドアをあけると、ソラタがさけびました。

「どうしたの、そのかっこう！」

「ええと……えのぐを、こぼしちゃったんだ。そのうえで、すべって、ころんじゃった。」

「たいへんだ、すぐに、あらわなきゃ。」

ソラタは、ヒナタのからだを、きれいにあらってあげました。ドライヤーで、ぬれた毛《け》を、かわかしてあげました。ヒナタは、すっかり、もとのふさふさの毛《け》にもどりました。

しろ

ソラタは、ゆかにちらかっている、シーツや、こむぎこのふくろ、それに、しろいえのぐをみて、いいました。

「ねぇ、ヒナタ。もしかして、しろぎつねになろうとしてたの？」

「ちがうよ。」

ヒナタが、ぷいとよこをむきました。

「そっか。」

ソラタが、わらいました。

「ちがうっていってるでしょ。」

ヒナタが、まっかになってふくれました。

「うん、わかったよ。」

ソラタはまだ、にこにこわらっています。

「ところで、ヒナタ。きょうがなんの日《ひ》か、おぼえてないの？」

「おぼえてるよ。でも、もうそんなこと、どうだっていいんだ。」

「どうでもよくなんか、あるもんか。」

ソラタは、家《いえ》からもってきた、ふたつのはこのうちのひとつを、ヒナタにわたしました。

「はい、おたんじょうびおめでとう。」

ヒナタは、目《め》をまるくして、はこをうけとりました。ふたをあけると、なかには、ヒナタそっくりの、きつねのにんぎょうが、はいっていました。

「ぼくの手《て》づくりだよ。しろい紙《かみ》ねんどで、かたちをつくって、それをおひさまでかわかして、さいごに色《いろ》をぬったんだ。なかなか、よくできているでしょう。」

それから、もうひとつのはこをあけて、いいました。

「これはバースデーケーキ。これも、ぼくがつくったんだ。いっしょにたべ

よう。」

ふたりは、なかよく、おいしいバースデーケーキをたべました。

それから、うたをうたって、たくさんおしゃべりをして、夜《よる》にはベランダにでて、いっしょに星《ほし》をかぞえました。

くもけし

ソラタとヒナタは、
くさはらにねころがりながら、空《そら》にぽっかり
うかんだくもを、ながめていました。
「くもって、やわらかいのかな。」
ヒナタが、いいました。
「うん、そうかもね。」
ソラタが、こたえました。

「わたがしみたいに、おいしいのかな。」

ヒナタが、またいいました。

「うん、おいしいかもね。」

ソラタが、またこたえました。

「でもさ、もしかしたら、
そこそこかたいのかも。」

ヒナタが、またいうと、

「うん、たしかに、そこそこかたいかもしれない。」

ソラタが、またこたえました。

「だけど、どうしてくもは、空《そら》にうかんでるんだろう。

もっとちかくで、さわれたらいいのに。」

すると、ソラタがいいました。

「くもにさわることはできないけれど、くもをけすことならできるよ。」

「くもを、けすだって?」

ヒナタが目《め》をまるくしました。

「そうさ。」

ソラタは、なんでもないことのように、こたえました。

「たとえばほら、あそこに、とりみたいなかたちのくもがあるだろう。あれを、けしてみようか。よーくみててごらん。」

ソラタは、ねころがったまま、じっとくもをみつめて、だまりこくってしまいました。ヒナタも、じっと、とりのかたちのくもをみつめました。

しばらくすると、とりのくもは、糸《いと》がほどけるように、かたちがぼんやりしてきました。それから雪《ゆき》がとけるみたいに、だんだんちいさくなって、しまいには、けむりのようにきえてしまいました。

「ほんとうにくもが、きえちゃった！」

ヒナタが、おどろいていいました。

「だけど、もしかしたら、たまたま、きえたのかも。こんどはぼくが、くもをえらんでもいい？」

「いいよ。」

ソラタが、にっこりわらいました。

「それじゃあ、あのぼうしみたいなくもを、けしてみて。」

するとソラタは、またじっとくもをみつめて、だまりこくってしまいました。風《かぜ》はとてもしずかで、くもは空《そら》にはりついたように、じっとしたままうごきません。ヒナタは、こころのなかで、かずをかぞえていきました。

(いち、に、さん、し……)

十までを十かいくりかえしたころには、ぼうしのかたちのくもだけが、けむりのように、きえてしまいました。

「すごいなぁ! まわりのくもは、ちっともうごいていないのに、ぼうしのくもだけ、きえちゃった。」

ヒナタは、わくわくしながら、いいました。

「いったいどうやって、くもをけしたの?」

すると、ソラタがこたえました。

「かんたんだよ。けしたい
くもを、じっとみつめながら、
『くもがきえた。くもがきえた。
きえた、きえた、きえた。』って、
こころのなかで、くりかえし、
となえただけだよ。」
「たったそれだけ？」
「うん、たったそれだけ。」
「くもがきえる、じゃなくて、
くもがきえた、なんだね。」
「そのとおり。」

「ぼくにも、できる？」

「だれにだって、できるよ。だけどさいしょは、ちいさなくもから、ためしてみるといいよ。」

そこでヒナタは、空《そら》をみあげました。

「それじゃあ、ぼく、あのドーナツみたいなくもを、けしてみる。」

ヒナタは、ドーナツみたいなかたちのくもを、じっとみつめると、こころのなかで、くりかえし、となえはじめました。

(くもが、きえた。くもが、きえた。きえた、きえた、きえた。くもが、きえた。くもが、きえた。きえた、きえた、きえた……。)

すると、ドーナツのくもは、糸《いと》がほどけるように、かたちがぼんやりしてきて、雪《ゆき》がとけるみたいに、だんだんちいさくなって、さいごは、けむりのようにきえてしまいました。

「ぼくにもできたよ！」

ヒナタは、おおよろこび。

「こんどは、あのバナナみたいなくもを、けしてみる。」

「それじゃあ、ぼくは、あのソフトクリームみたいなくもを、けしてみようかな。」

「よーし、どっちがはやくけせるか、きょうそうだ！」

こうしてふたりは、空《そら》にうかんだくもを、どんどんけしていきました。いちごみたいなくも、クリームパンみたいなくも、くつしたみたいなくも、めがねみたいなくも。空《そら》にうかんでいた、いろんなかたちのくもを、ふたりでどんどんけしていくうちに、やがて、ひとつのくもが空《そら》にのこるだけになりました。

「ずいぶんたくさん、けしたなあ。空《そら》がまっさおだ。」

ソラタが、かんしんしたようにいいました。

「さいごのひとつは、おおきいから、いっしょにけそうか。それにしても、あのくも、どこかでみたことのあるかたちだなあ。」

すると、ヒナタがいいました。

「あのくもは、けしちゃだめ。」

「どうして？　あれをけせば、くもひとつない青空《あおぞら》になるよ。」

「けしたくないの。」

「せっかくここまでけしたのに、もったいない。

よし、それじゃあ、さいごのひとつは、

ぼくがけすよ。」

ソラタがそういって、こころのなかで、

ことばをとなえようとしたとき、

「けしたらだめだったら！」

ヒナタが、おおきなこえでいいました。

「いったい、どうしたんだい。

さっきまで、すごくたのしそうに

けしてたじゃないか。」

ヒナタは、だまったままです。

「そうか。くもをけすのに、
あきちゃったんだね。」

「ちがうよ。」

「じゃあ、つかれちゃったんだ。」

「つかれてない。」

「わかった。おなかが、
すいてきたんだね。」

「もう、ちがうったら！」

ヒナタは、たちあがっていいました。

「だってあのくも、まるで
きみにそっくりじゃないか！」

「あ……。」
ソラタは、すこし
おどろいたかおをして、
それからうれしそうに、
ヒナタのあたまを
なでました。
「こんやは、きみの
すきなもの、なんでも
つくってあげるよ。
なにがたべたい？」

「オムライス。」

「よし。こんやは、とくだいオムライスだ。」

それからふたりは、手《て》をつないで、なかよくあるいてかえりました。

かこへのてがみ

ある日《ひ》、ソラタが、ヒナタの家《いえ》にあそびにきて、いいました。

「きみからもらった、すてきなマグカップを、きのう、ゆかにおとしてわっちゃったんだ。」

「あの、はすの花《はな》のかたちのマグカップ？」

「うん。とっても、きにいってたのに。きのうは、あのマグカップを、つかわなきゃよかったなあ。そのとなりにあった、ひびのはいったマグカップを、つかえばよかったんだ。そうすれば、きみからもらったマグカップは、

われずにすんだのに。」

ソラタは、ためいきをつきました。

「あーあ。きのうにもどれるなら、じぶんにおしえてあげたいよ。『きょうは、はすの花《はな》のマグカップを、つかっちゃだめだ。』って。」

それをきいたヒナタは、なにかをおもいついたように、いいました。

「それなら、きのうのじぶんあてに、てがみをかいて、おしえてあげたらいいんじゃない？」

ソラタは、あっけにとられていいました。

「きのうのじぶんに、てがみがとどくはずないじゃない。」

けれどもヒナタは、にこにこしながらいいました。

「いいから、とにかくかいてみなよ。もしかしたら、うっかりきのうのきみに、とどくかもしれないよ。」

ヒナタは、びんせんと、ふうとうと、
ペンをだしてきて、ソラタにわたしました。
「きみがそこまでいうなら、きのうのじぶんに、
てがみをかいてみるよ。」
ソラタは、さっそく、テーブルのうえで、
てがみをかきはじめました。

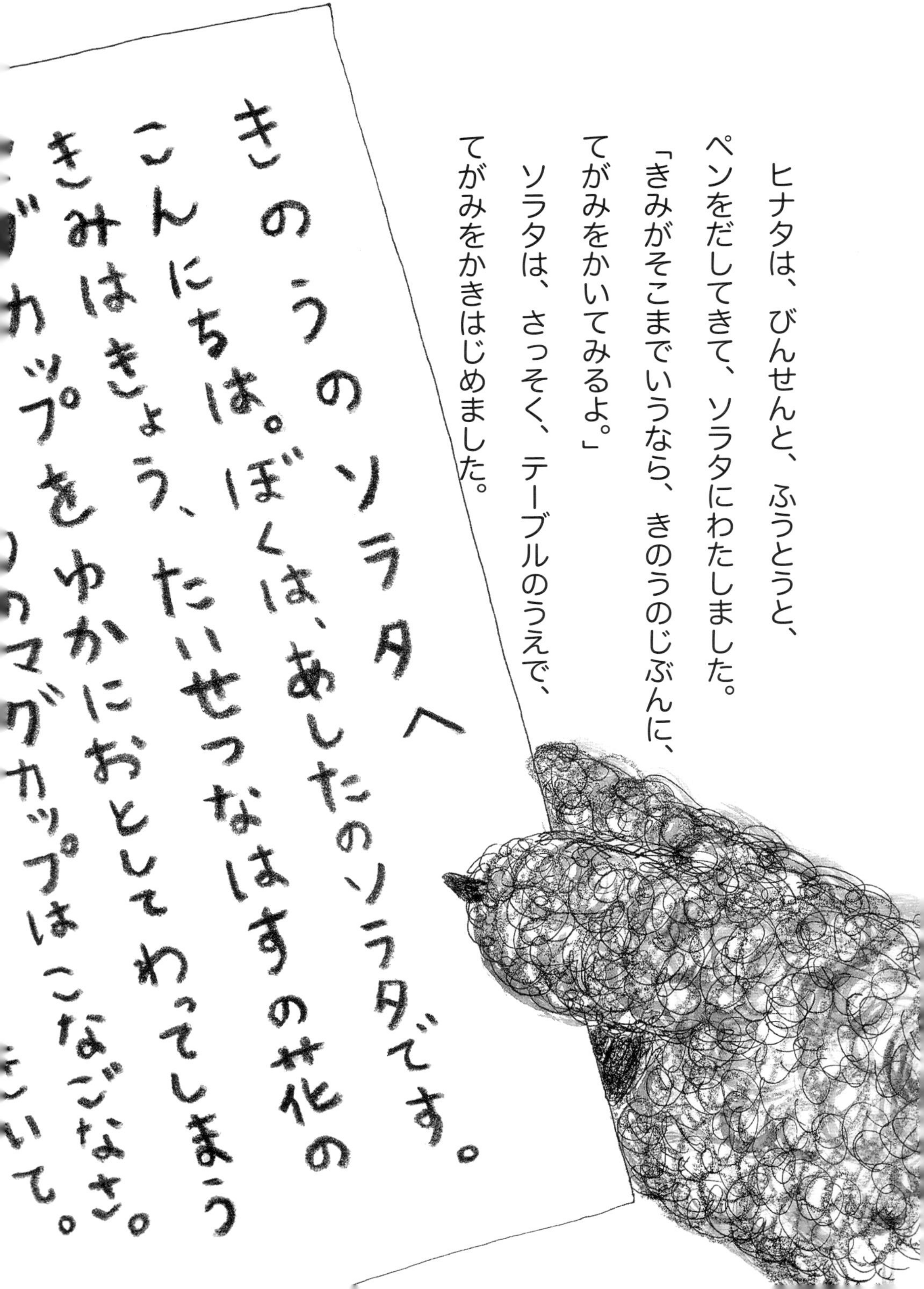

きのうのソラタへ
こんにちは。ぼくは、あしたのソラタです。
きみはきょう、たいせつなはすの花の
グカップをゆかにおとしてわってしまう
のマグカップはこなごなさ。
いて。

ソラタは、てがみをかきあげると、
いちど、こえにだしてよみました。それから、
ふうとうのあてなに、「きのうのソラタへ」とかきました。
そのてがみを、ポストにだしました。

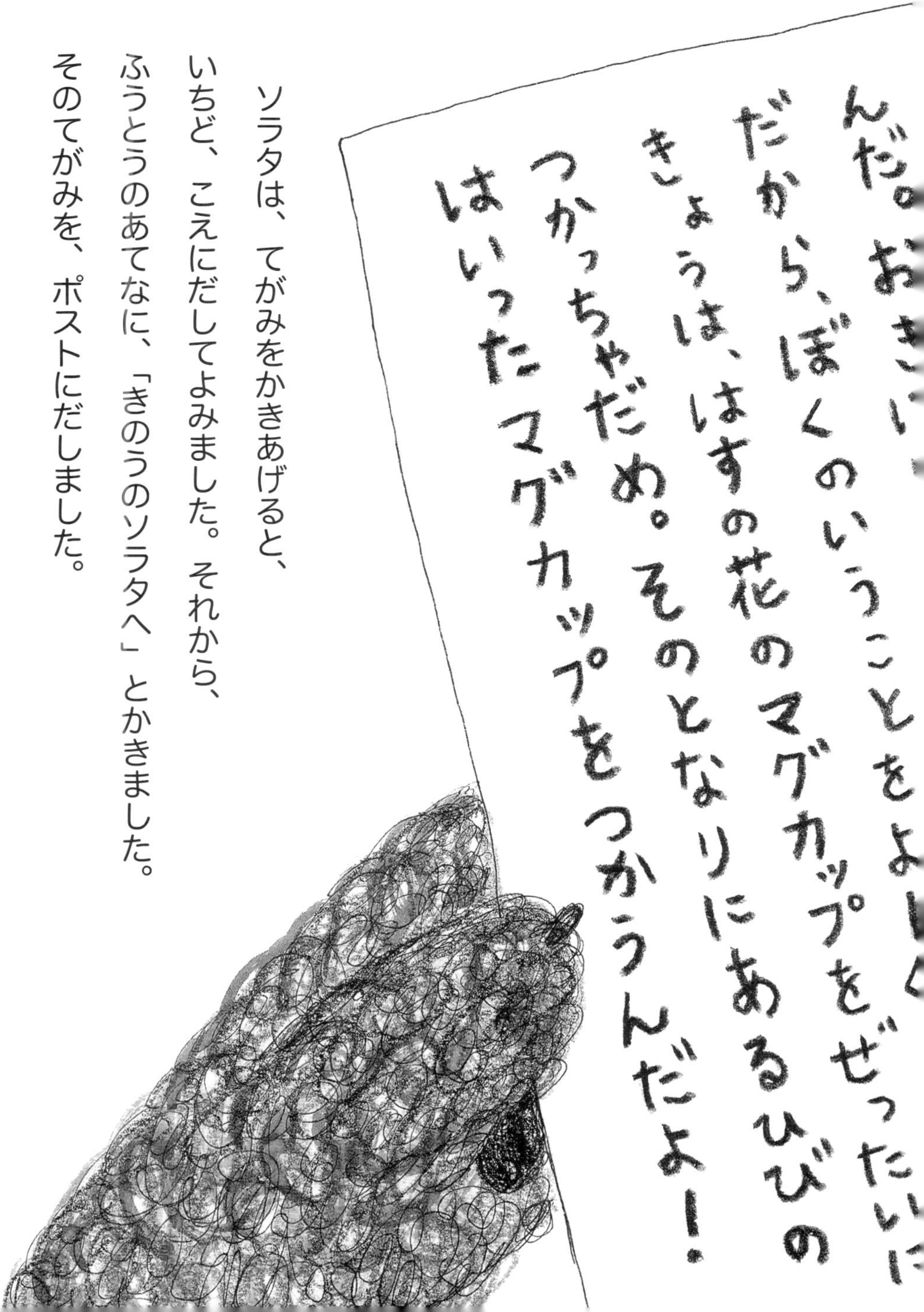
んだ。おき
だから、ぼくのいうことをよく
きょうは、はすの花のマグカップをぜったいに
つかっちゃだめ。そのとなりにあるひびの
はいったマグカップをつかうんだよ！

その日《ひ》の夜《よる》、ヒナタがこっそりと、ソラタの家《いえ》にやってきました。ソラタにきづかれないように、しょっきだなをあけました。ないしょでかってきた、おなじかたちのマグカップを、しょっきだなにしまいました。そして、ひびのはいったマグカップをもって、そっと家《いえ》にかえりました。

つぎの日《ひ》、ソラタがおおあわてで、ヒナタの家《いえ》へやってきました。

「ヒナタ、ねぇ、みて！」

ソラタは、はすの花《はな》のマグカップを、ヒナタにみせました。

「きのうのてがみ、ちゃんと、おとといのぼくに、とどいたみたいなんだ。あさおきたら、このマグカップが、われずにちゃんとしょっきだなのなかにあって、かわりに、ふるいマグカップがなくなっていたの！」

「それはよかったねぇ。」

ヒナタが、にこにこしながらいいました。

「それでぼくは、もう一通《つう》、かこのじぶんに、てがみをかいたんだ。どうしても、かこのじぶんに、おしえてあげたいことがあって。」

「ええっ、もう一通《つう》かいたの!?」

ヒナタが、ちょっとこまったかおをしました。

ソラタは、うれしそうにてがみをとりだすと、こえにだしてよみはじめました。

「この森《もり》にやってくるまえの、ソラタへ。

こんにちは。ぼくは、みらいのソラタです。きょうは、みらいのぼくから、かこのきみに、たいせつなてがみをおくります。

きみは、このてがみをうけとったら、すぐにでかけるじゅんびをしてください。リュックには、ながいロープと、サンドイッチと、すいとうをいれていくといい。そうして、となりの山《やま》へむかって、でかけてほしいんだ。」

ヒナタは、ごくりとつばをのみこみました。これからいったい、どうなるのでしょう。ソラタはつづきをよみました。

「そのばしょに、むかっているとちゅうで、きみは、ふたつのわかれ道《みち》にぶつかる。きみはそこで、左《ひだり》にいこうとおもうかもしれない。でも、そこは

ぜったいに右《みぎ》にすすむんだよ。」
「どうして？」
ふしぎにおもったヒナタが、
たずねました。
「どうしてもさ。」
ソラタは、にっこりわらうと、
てがみのつづきをよみました。

「しばらくあるいていくと、つぎにおおきな川《かわ》があらわれる。きみはその川《かわ》を、わたろうか、それともひきかえそうか、まようかもしれない。だけどその川《かわ》は、ぜったいにわたらなくちゃだめだ。」

「どうして？」

ふしぎにおもったヒナタが、またたずねました。

「どうしてもさ。」

ソラタは、にっこりわらうと、またてがみのつづきをよみました。

「どんどん、坂道《さかみち》をのぼっていくと、こんどは目《め》のまえに、きりたったがけがあらわれる。そのがけには、ながいつりばしが、かかっているんだ。つりばしは、風《かぜ》にふかれて、ゆらゆらとゆれている。

きみは、すっかりこわくなって、つりばしをわたらずに、ひきかえそうとおもうかもしれない。でも、そのつりばしを、なにがなんでもわたらなくちゃだめだ。」

「だから、いったいどうしてなの？」

じれったくなったヒナタが、しっぽをふりふりしながら、たずねました。

「どうしてもなんだ。」

ソラタは、てがみのつづきを、よみました。

「つりばしをわたって、さらにまっすぐすすんでいくと、きみはとうとう、ある森《もり》にたどりつく。」

ヒナタはききながら、いよいよなにかがおこるんだろうかと、どきどきしました。

「きみはそこで、ちいさなうたごえを耳《みみ》にする。あたりをみまわしても、だれのすがたもみえない。きみは、きのせいかなとおもうだろう。だけど、そこであきらめないで、もっとよくさがしてほしいんだ。すると、ちかくにおおきなあながあるから、そのなかをよーくみて。そこに、たからものがおちているから。」

「……あっ。」

ヒナタが、ちいさなこえをあげました。

ソラタは、てがみをよみおえると、ふうとうに、「この森《もり》にやってくるまえのソラタへ」と、かきました。それからふたりで、てがみをだしにいきました。

「てがみ、ちゃんと、とどくといいね。」

ヒナタが、うれしそうにいいました。

「きっと、とどくさ。」

ソラタも、にっこりわらいながら、あおい空《そら》をみあげました。

かんのゆうこ

東京都生まれ。東京女学館短期大学文科卒業。児童書に、「はりねずみのルーチカ」「りりかさんのぬいぐるみ診療所」シリーズ（絵・北見葉胡／講談社）、『とびらのむこうに』（絵・みやこしあきこ／岩崎書店）など。絵本に、『ふゆねこ』（絵・こみねゆら）、『はこちゃん』（絵・江頭路子）、プラネタリウム番組にもなった「『星うさぎと月のふね』（絵・田中鮎子）、（以上講談社）などがある。令和６年度、小学校教科書『ひろがることば小学国語・二上』に、絵本『はるねこ』が掲載される。

くまあやこ

1972年神奈川県生まれ。中央大学ドイツ文学専攻卒業。装画作品に『はるがいったら』（飛鳥井千砂／著）、『スイートリトルライズ』江國香織／著）、『世界一幸せなゴリラ、イバン』（キャサリン・アップルゲイト／著・岡田好惠／訳）、『海と山のピアノ』（いしいしんじ／著）など。絵本作品に『そだててあそぼうマンゴーの絵本』(よねもとよしみ／編)、『きみといっしょに』(石垣十／作)、『狐忠信』(中村壱太郎／作)、ねこの町いぬの村シリーズ(小手鞠るい／作）など。愛犬：ネロ。

シリーズマーク／いがらしみきお
ブックデザイン／脇田明日香

この作品は書き下ろしです。

わくわくライブラリー
ソラタとヒナタ ともだちのつくりかた

2018年 4月 3日　第1刷発行
2025年 3月 19日　第7刷発行

作　かんのゆうこ
絵　くまあやこ
発行者　安永尚人
発行所　株式会社講談社　KODANSHA
〒112-8001 東京都文京区音羽2-12-21
電話　編集 03-5395-3535　販売 03-5395-3625　業務 03-5395-3615
印刷所　株式会社精興社
製本所　島田製本株式会社

N.D.C.913 95p 22cm ©Yuko Kanno / Ayako Kuma 2018 Printed in Japan
ISBN978-4-06-195794-7